Nog 2 dagen...

Pattas poetsen met papa.

Pareltje en de rapwedstrijd

Pareltje en de rapwedstrijd

Els Rooijers
Met tekeningen van Camila Fialkowski

LEES N!VEAU

	ME ME ME ME ME							
AVI	S	3	4	5	6	7	P	
CLIB	S	3	4	5	6	7	8	P

straattaal; rappen

Toegekend door Cito i.s.m. KPC Groep

avi 7

1e druk 2009
ISBN 978.90.487.0314.2
NUR 282

Vormgeving: Rob Galema

© 2009 Tekst: Els Rooijers
© 2009 Illustraties: Camila Fialkowski
Uitgeverij Zwijsen B.V. Tilburg

Voor België:
Uitgeverij Zwijsen.be, Antwerpen
D/2009/1919/198

Inhoud

Een zingende paling 11

Een winkel vol taaie taartjes 17

Een briefje aan Ali B 21

Echt een gare mail 27

Parels raplied nummer 1 34

Ouwe koek is echt niet leuk 40

Pareltjes dooievissenlied 43

Hulp van de klas 48

Hassan, de achterneef van Ali B 55

Gooi wat in mijn pet! 61

Pareltje heeft heel erg spijt 65

Feest met suikerklonten 71

Voor alle kinderen op scholen en bibliotheken die me geholpen hebben met straattaal en rappen. Echt dope!

Dankjewel, Ali B, voor de medewerking

Een zingende paling

Op de hoek van de Bredestraat, boven op een lege appelkist, staat Pareltje. Met een braadpan in haar handen speurt ze vol ongeduld om zich heen. Ha, mooi zo! Daar komt een meneer aan.
'Nu supergoed je best doen, Parel,' mompelt ze. 'Deze keer moet het lukken. Die man móét je geld geven en liefst een beetje veel.'
Ze zet de pan neer en veegt met één van haar zes rokken snel het zweet van haar voorhoofd. Op haar allermooist begint ze te zingen.
'Laat je billen draaien, je broekspijp lekker waaien,' galmt haar stem met de kracht van een orkaan tussen de huizen. Haar zware laarzen stampen driftig mee in het ritme.
De man, in driedelig grijs pak, loopt langs haar heen, zijn rug zo recht als een honkbalknuppel.
'Hé, ouwe schurk,' roept Pareltje als ze ziet dat hij doorloopt zonder ook maar een tel op haar te letten. 'Hoor je niet hoe mooi ik voor je zing? Draaien met je billen, zeg ik toch!' Ze staat op het punt om van het kistje te springen om de man bij zijn middel te pakken en hem een handje te helpen. Als hij met een ijzig gezicht naar haar omkijkt, bedenkt ze zich.

Toch maar niet, flitst het door haar hoofd, met zo'n zure augurk valt geen lol te beleven. Ik zal hem anders moeten aanpakken.

'Snoezig heertje, meneertje, je kan toch wel wat in mijn braadpan doen?' smeekt ze met een lief stemmetje. 'Een arme roversmeid als ik moet ook eten.' Ze laat het ene muntje dat al in het pannetje zit zielig rammelen.

Zonder aarzeling loopt de man verder.

'Krent!' schreeuwt Pareltje plots kwaad. 'Volgende keer kietel ik je zo erg dat je hele lijf schudt van het lachen. Week als een oud peertje rol je dan over straat en glijdt het geld vanzelf wel uit je zakken.'

Verslagen kijkt ze naar het eenzame muntje. Hoe kan ze daar nou boodschappen van doen?

Haar buik begint ontevreden te knorren.

Ha, wat een gelukkie, daar komt een mevrouw aanfietsen. Wedden om een gebraden kippetje dat zij me wel wat geeft?

Sierlijk als een danseres steekt Pareltje haar handen boven haar hoofd en begint te klappen. Ze lacht vrolijk naar de kinderen die voor op de fiets in een bakje zitten. Aan het stuur ziet ze een grote tas en plastic emmertjes hangen.

'Voor jullie, kinderen, is dit prachtig lied
blijf staan, geniet, zie hoe ze danst, deze griet

en vergeet vooral de beloning niet.'

Pareltje draait al zingend rond op het kistje; haar rokken fladderen rond haar benen. Zonder vaart te minderen fietst de mevrouw langs.

'Hé,' roept Pareltje, 'dat gaat zomaar niet.'

Met de pan in haar hand zet ze de achtervolging in. Haar laarzen klossen over de straatstenen.

'Stop nou even,' puft Pareltje, terwijl ze de kinderen vanuit het bakje lachend naar haar om ziet kijken.

'Nee hoor, veel te warm,' antwoordt de vrouw. 'Wij gaan lekker naar het zwembad.'

'Dat zou ik ook wel willen,' hijgt Pareltje, 'maar dat kan niet. Ik moet geld verdienen omdat de schatkist van mijn pa leeg is.'

'Succes ermee,' roept de vrouw en ze trapt nog wat harder.

Met hangende armen kijkt Pareltje de fiets na en ziet hoe de kinderen nog even zwaaien met hun schepjes.

'Het is niet eerlijk,' mompelt ze. 'Ik deel het ene mooie lied na het andere uit en wat krijg ik ervoor terug? Niks en zelfs geen noppes!'

Ze sloft terug naar de hoek van de straat en gaat weer op haar kistje staan. Er komt net een groot joch op een skateboard aan.

'Ik zing alleen voor jou dit lied,' begint Pareltje terwijl ze haar armen naar hem uitstrekt, 'ach jongen, toe, vergeet me niet.'

De jongen kijkt haar aan alsof ze niet goed snik is en rolt verder.

'Broodje uienbal dat je er bent!' roept Pareltje terwijl ze boos op de gietijzeren pan timmert. 'Je kan toch wel een moment blijven staan en me vertellen dat je het mooi vindt.'

De jongen stopt, draait zich sloom om en begint uitgebreid zijn broek op te hijsen terwijl hij zegt: 'Geef mij maar Ali B.'

Ali B? Pareltje knijpt haar ogen tot spleetjes en denkt verbouwereerd, waar heeft dat joch het over? Een aal, is dat niet zo'n langwerpige vis?

'Ali B?' vraagt ze, 'is dat een zingende paling of zoiets?'

De jongen rolt verbaasd met zijn ogen en laat zijn skateboard flippen.

'Wat idioot, heb jij nog nooit van Ali B gehoord, terwijl iedereen hem kent. Hij is zelfs aan de koningin voorgesteld.'

Wát, de koningin die een paling kent? Dit kan niet waar zijn, denkt Pareltje en ze plant haar handen in haar zij en kijkt het joch vol achterdocht aan.

'Bedoel je onze koningin, en dat moet zo'n sufferdje als ik geloven?'

'Hij heeft haar zelfs op haar wang gezoend. Kijk maar op internet,' antwoordt de jongen.

'Internet, wat is dat voor iets eigenaardigs? Is het
gigantisch groot of juist piepklein, kan je erop spugen
en welke kleur heeft het?'
De jongen schudt meewarig zijn hoofd en zegt:
'Jij weet ook niks, hè? Op internet kan je allerlei
informatie opzoeken en dat doe je met een computer
of heb je daar ook nog nooit van gehoord?'
Kijk dat joch een lol hebben, denkt Pareltje en haar
laars tikt beledigd op het kistje.
'Ik weet heus wel wat een pjoeterdinges is want dat
zie ik vaak genoeg bij mijn neef Stijn als hij zit te
muizen, klikken en sjetten.'
'Vet! Vraag maar of hij de site van Ali B voor je
opzoekt. Als je zo goed leert rappen als hij, nou, dan
ben je pas cool.' De jongen draait de klep van zijn pet
schuin naar achter en stapt weer op zijn skateboard.
Verbaasd glijden Pareltjes ogen langs haar eigen
lichaam en haar vingers beginnen te tintelen van
boosheid.
Wat zei die slungel, ik, vet?
'Je bent zelf vet,' schreeuwt ze hem na, 'en ik koel?
Hoe kom je erbij, ik stik juist van de hitte.'

Een winkel vol taaie taartjes

Samba mia, ik heb de hele dag voor niks staan zingen, denkt Pareltje, sikkeneurig van het gerammel in haar maag. Ze stapt van haar appelkist en gooit hem over een ligusterhaag een tuin in.

'Ga je mee, Andès?' roept ze naar een lama die in een plantsoen tussen de bloemen staat te grazen. Met de lege pan springt ze op zijn rug en in draf gaat het door de straten.

'Ho!' roept Pareltje als ze langs de bakker rijden, en hongerig kijkt ze door de etalageruit naar binnen. Bij de toonbank wijst een mevrouw het ene gebakje na het andere aan.

'Dame, ik moet u ernstig waarschuwen, want die gebakjes zijn niet vers,' roept Pareltje de winkel in. Alleen van de geur die uit de bakkerij komt, loopt het water Pareltje al in de mond. 'Die taartjes staan daar al de hele week oud te worden. Die zijn zo taai als een pepernoot met Pasen.'

De mevrouw kijkt verbaasd naar Pareltje om, aarzelt, en trekt haar vinger terug.

'Toen ik hier vorige week met mijn lama langs reed, heb ik ze ook al zien staan,' gaat Pareltje verder. 'Toen sloegen die slagroomtaartjes nog niet groen uit en nu? Ik kan het niet goed zien hiervandaan, maar schimmel op een taartje hoort niet, dat weet u zeker wel?'

'Helemaal niets van waar!' roept de verkoopster uit met een boze blos op haar wangen. 'Dat waren andere gebakjes!'

'Ze zagen er wel precies zo uit,' zegt Pareltje terwijl ze slikt van trek. 'Een beetje rond met bruine chocola, een dot slagroom en voor het mooie een rode kers erbovenop.'

'Luistert u niet naar dat kind, mevrouw,' zegt de verkoopster.

'Hmm,' treuzelt de mevrouw met een zuinig mondje, 'doe vandaag toch maar alleen een halfje bruin.' Ze glimlacht dankbaar naar Pareltje.

'Dat is dan vijftig cent,' zegt Pareltje als de mevrouw naar buiten loopt.

'Vijftig cent, voor wat?' vraagt de mevrouw met verbaasd opgetrokken wenkbrauwen.

'Voor de waarschuwing, natuurlijk,' antwoordt Pareltje.

De mevrouw begint deftig te lachen.

'Mal kind!' Zonder iets aan Pareltje te geven, loopt ze weg.

'Nou ja, zeg, nu hebben we allebei niks verdiend,' zegt Pareltje tegen de verkoopster. Verbolgen kijkt ze de mevrouw na.

'En door wie komt dat?' klinkt het boos vanuit de
winkel. 'Door jou, dus hoepel alsjeblieft een eind op!'
'Ik zou wel willen,' zegt Pareltje, 'heel graag zelfs,
want ik heb haast. Ik moet leren zeppen als Ali B,
maar ik kan niet weg, want je hebt me nog geen
brood gegeven.'
'En dat ga ik niet doen ook,' zegt de verkoopster
nijdig. 'Ik geef jou helemaal niks.'
'Dom van je,' zegt Pareltje met haar handen al aan
haar mond. 'Ouwe taartjes!' schreeuwt ze over straat.
'Hier, bij de bakker, in de aanbieding, taartjes nog
taaier dan de laarzen van mijn pa!'
'Hou op!' Vlug stopt de verkoopster Pareltje een
bruin brood in haar hand. 'En nou weg!'
'Toppie en bedankt, dame!' Vrolijk fluitend rijdt
Pareltje met haar buit tegen zich aangedrukt de straat
uit.

Een briefje aan Ali B

Haastig klimt Pareltje de schots en scheve trap op naar Hol Pierewiet.

'Stijn, ik heb brood!' roept ze naar het houten huisje, nog een eindje boven haar in de grote beukenboom. 'Zet de pot met pindasmeer maar op tafel.' Ze duwt hard tegen de klemmende deur en tuimelt naar binnen. Trots laat ze het brood aan Stijn zien, die al met een theedoek om zijn nek klaar zit. Hongerig breekt Pareltje het brood op haar knie doormidden. 'Eerst uithollen,' zegt ze terwijl haar vingers diep in het brood graven, 'en dan pas de pindasmeer.' Ze propt een pluk van het zachte brood in Stijns mond en neemt dan zelf.

'Kijke, Ali B,' mummelt ze al kauwend en slikkend terwijl ze naar de computer wijst. 'Is zepper, wil zien, broemd, ik ook.'

'Ali B?' vraagt Stijn terwijl hij netjes de broodkruimels met de theedoek van zijn gezicht veegt. 'Hoor ik dat goed?'

Pareltje knikt en draait het deksel van een glazen potje. Terwijl Stijn begint te typen, metselt zij een half uitgehold brood dicht met pindakaas. Als versiering steekt ze er een paar wilde aardbeitjes in.

'Kijk, dit is hem,' zegt Stijn.

Pareltje schuift vlug met haar stoel naar het scherm. Nieuwsgierig volgt ze met haar ogen de rapper die over het computerscherm danst.

'Is dát Ali B? En wat is nou zeppen, toch niet dat gekke praten wat hij doet?'

'Niet zappen maar rappen,' verbetert Stijn.

'Rappen dan,' zegt Pareltje, 'maar dat hij om zoiets simpels beroemd is. En dat gezwaai met zijn armen, moet dat dansen voorstellen? Het is net of hij met zijn wijsvingers iemand lek wil prikken. Lekker moeilijk, maar niet heus.'

'Probeer maar eens te rappen,' zegt Stijn. 'Het zal je tegenvallen, want het is echt niet eenvoudig. Ali B is er supergoed in en daarom verdient hij ook bakken met geld. Dat zie je wel aan die sportauto waarin hij rijdt.'

Pareltje brengt haar gezicht wat dichter bij het computerscherm en bestudeert de auto.

'Poeh, die kar heeft niet eens een dak,' zegt ze met opgetrokken neus. 'Dan kan je net zo goed op een paard gaan zitten en daar heeft mijn vader er wel tien van.'

'Honderdduizend euro,' zegt Stijn zonder een spoor van twijfel in zijn stem. 'En misschien kost hij nog wel meer ook.'

Pareltjes mond zakt langzaam open.

'Heeft hij duizendveel poet verdient met ráppen?
Dan ga ik dat ook doen, morgen nog, want zoveel
geld kan ik ook best gebruiken.'
'Tuurlijk, Parel, moet je vooral doen,' grinnikt Stijn.
Probeer het maar eens, dat lukt je nooit.'
'Heus wel!' Pareltje bestudeert nog eens goed het
scherm, schudt haar krullen en gaat staan.
'Pare, Parel is een,' begint ze terwijl haar vinger strak
als een stokbrood naar voren wijst, 'is een – effetjes
denken, hoor – een roversmeid enne …' Hoe vaker
ze hapert, hoe onbeheerster haar armen in het rond
zwaaien.
'Stoppen alsjeblieft,' smeekt Stijn terwijl een stoel
kletterend omvalt, het potje pindakaas bijna van tafel
vliegt en hij dekking zoekt.
'Het is nog niet helemaal perfect, ik moet nog
wat oefenen,' geeft Pareltje toe. 'Maar ik kan het
sodeknalletjes goed, dat voel ik in mijn hele roverslijf.
Ik durf zelfs te wedden dat ik beter ben dan Ali B.'
'Hou toch op met die onzin, Parel!' roept Stijn
geërgerd terwijl hij weer onder de tafel uit kruipt.
'Maar ik voel het gewoon,' legt Pareltje uit. 'Rond
mijn navel en op mijn heupen, en zelfs mijn hoofd
is tot aan het dakkie gevuld met rap.' Met stralende
ogen kijkt ze Stijn aan en ze grijpt hem beet alsof hij
het kostbaarste bezit in haar leven is.
'Ik heb een fantastisch idee!' zegt ze terwijl ze jachtig

ademt van opwinding. 'Ik daag die Ali B uit voor een wedstrijd, en als ik de winnaar ben, word ik meteen veel beroemder dan hij. Samba mia, wat een goed plan, ik word er gewoon draaierig van. Schrijf hem meteen een briefje, Stijn.'

'Doe even normaal,' smeekt Stijn, 'je denkt toch niet dat je van die rapper kunt winnen?'

'We wedden om duizendmiljoen,' dramt Pareltje door. 'Dan zit de schatkist meteen tot aan het randje vol.' Dromerig dwalen haar ogen af naar de beukentakken voor het raam. 'Dan kan ik me toch een knalfeest geven voor mijn pa en zijn mannen en alle kinderen uit de klas. En voor mama koop ik een ticket voor het vliegtuig en kan zij uit Zuid-Amerika komen. Maar als eerste gaan wij lekker dik uit eten in het duurste restaurant van de stad. Dus kom op, neef, stuur gauw een berichtje.' Pareltje wrijft van voorpret in haar handen en haar ogen twinkelen als diamanten in het zonlicht.

'Wordt niks,' mompelt Stijn, maar toch begint hij te typen wat Pareltje hem dicteert.

'Je schrijft het toch wel precies zo op als ik het zeg?' vraagt Pareltje terwijl ze over zijn schouder kijkt.
'Niets veranderen, hoor!'

'Nee, ik verander niks, maar ik vind het wel stom van je. Ik denk niet dat je het moet versturen.'

'Lees voor!' commandeert Pareltje met heupen die

wiebelen van spanning.

Ali B,
Ik, Pareltje, ben negen jaar en kan veel beter rappen
dan jij. Daarom daag ik je uit voor een wedstrijd. Drie
liedjes ieder en wie wint, krijgt duizendmiljoen. Durf je
het aan of ben je een schijtkippie?

De hartelijke balle, Pareltje

'En wat als je verliest?' vraagt Stijn voor de derde
keer. 'Dan moet jij duizendmiljoen betalen en waar
haal je dat vandaan?'
'Ik verliezen? Dat zou dan voor het eerst zijn in mijn
leven want ik verlies nooit. Druk maar snel op de
knop om te versturen, dan ga ik alvast de schatkist
schoonmaken.'

Echt een gare mail

De hele avond, de halve nacht en ook de volgende ochtend danst Pareltje opgewonden door Hol Pierewiet. Geen seconde kan ze stilzitten. Haar tenen kriebelen alsof er een optocht van mieren door haar laarzen trekt en van spanning wapperen haar handen alle kanten op.

'Stijn, kijk nog eens op je pjoeterdinges,' vraagt ze voor de zoveelste keer. 'Ik denk dat er nu wel antwoord is.'

'Parel, ik word gek van je,' zucht Stijn. 'Ga alsjeblieft wat anders doen. Denk maar niet dat Ali B antwoordt. Die rapper krijgt wel honderd mails per dag.'

Met haar handen in haar zij plaatst Pareltje bazig één voet op de gesopte schatkist.

'Kijken!' beveelt ze terwijl haar laars ongeduldig op het houten deksel tikt. Met ingehouden adem kijkt ze toe hoe Stijn op de toetsen drukt en met de muis klikt. Dan ziet ze zijn onderkaak omlaag zakken.

'Neee …' fluistert hij, 'niet te geloven, Ali B heeft een mailtje gestuurd. Dat had ik echt niet verwacht.'

'Lees voor, vlug. Waarom aarzel je? Wat staat er?' roept Pareltje terwijl ze Stijn van de zenuwen een

keiharde por geeft. 'Schiet op, neef, voorlezen zeg ik
toch!'
'Oké, ik zal het proberen,' zegt Stijn weifelend, 'daar
gaat-ie.'

Luister Chickie,

*Wat loop je me nou te dissen? Echt een gare mail, ik
vind het niet dope! Beetje respect ja ...
Mijn achterneefje Hassan vindt de uitdaging cool en hij
wint, dus die doekoe is voor hem. Jij verliest dus kun je
alle pattas poetsen bij de moskee met suikerfeest. Zie je
over twee weken op Museumplein. Laters*

Ali B

'Hoe bedoelt-ie?' roept Pareltje gefrustreerd uit. 'Wat
staat er geschreven? Ik snap er geen bal van. Doet die
rapper het nou wel of niet?'
Met een diepe rimpel tussen zijn wenkbrauwen staart
Stijn naar het computerscherm.
'Ik durf er niks op te verwedden, maar ik geloof
dat-ie het wel doet. Maar pin me er niet op vast,
want ik snap ook niet alle woorden. Pattas en
doekoe, ik heb geen idee wat dat betekent, maar ik
denk dat het straattaal is. Vraag het liever aan Jamal,
die weet dat wel.'

'Geweldig idee en jij gaat mee,' zegt Pareltje terwijl ze Stijn aan zijn mouw overeind trekt. 'Pjoeter mee en als de bliksem naar Jamal.'

Even later beklimmen ze in een flatgebouw de trap naar de vierde etage waar Jamal woont. Ze drukken bekaf op de bel.

'Dag, mama Jamal,' hijgt Pareltje als een mevrouw de deur opendoet. Ongeduldig kijkt ze langs haar lange gewaad heen de gang in. 'Mogen we naar binnen?'

'Natuurlijk,' zegt de moeder van Jamal, 'wel eerst je schoenen uitdoen, en lusten jullie een kopje thee?'

'Graag, heb dorst!' puft Pareltje terwijl ze al struikelend haar laarzen uittrekt. Op haar sokken loopt ze over zachte tapijten door de gang.

'Jamal!' roept ze en ze opent de ene deur na de andere en kijkt de kamers binnen.

'Parel, doe niet zo onbeleefd!' fluistert Stijn en hij probeert haar aan haar arm tegen te houden.

'Ha, vriend, waar zat je nou?' begroet Pareltje Jamal als hij uit de woonkamer tevoorschijn komt. 'Fijn dat ik je zie want ik heb je heel hard nodig.'

'Ga maar lekker zitten,' zegt de moeder van Jamal, 'de thee komt zo.'

Pareltje ploft neer op een bank met heel veel kussens. Het veert zo lekker diep en het voelt zo heerlijk zacht dat ze het nog eens doet.

'Samba mia, wat een gezellig huis met al die kleurige kleedjes en leuke kwastjes en balletjes aan de gordijnen. Het is bijna nog mooier dan mijn Hol Pierewiet, maar daar komen ik en mijn neef natuurlijk niet voor. Zet je pjoeter even aan, Stijn, dan kan Jamal het mailtje van Ali B lezen.'

Jamal draait zich met een ruk naar Pareltje toe en ze ziet zijn donkere ogen bijna zwart worden van ongeloof. 'Jíj, een mailtje van Ali B?'

'Waarom niet?' vraagt Pareltje stoer maar in haar binnenste gloeit het van trots.

'Hier heb ik hem,' zegt Stijn en hij schuift de laptop naar Jamal toe.

Jamals ogen schieten van links naar rechts over het scherm.

'Zeg eens wat, Jamal,' spoort Pareltje hem aan. 'Lees voor, wat staat er? Zelfs Stijn, die toch sodeknalletjes knap is, weet niet wat die woorden betekenen.'

Van de zenuwen propt Pareltje twee groene dingen in haar mond die Jamals moeder samen met de thee heeft neergezet.

Jamal schuift achteruit in zijn stoel en staart met open mond van Pareltje naar het scherm.

'Parel, wat heb je gedaan!' roept hij uit. 'Is die mail écht van Ali B?'

Pareltje kauwt en kauwt op het groene snoepgoed en kan alleen maar knikken.

'Heb je hem uitgedáágd? Ben je niet goed snik?'
Pareltje verslikt zich bijna van schrik en haar gezicht
betrekt.
'Hoezo?' smakt ze. 'Ik ga heus wel winnen, hoor.
Mijn hele lijf zit vol met rap.'
Om te laten zien om hoeveel rap het gaat, schudt ze
flink met haar schouders. Ook haar grote teen, die
door een joekel van een gat in haar sok heen steekt,
wiebelt mee.
'Gewed om duizendmiljoen,' kreunt Jamal, 'en nog
schoenen poetsen ook. En dat met suikerfeest, weet
je hoe druk het dan is in de moskee? Dat is aan het
eind van de ramadan!'
'Rameledam, waar heb je het over?' vraagt Pareltje
verbaasd.
'Ramadan is de vastenperiode van de moslims,'
legt Jamal uit. 'We mogen wekenlang overdag niet
eten. En als dat eindelijk voorbij is, vieren we het
suikerfeest, maar eerst gaat iedereen naar de moskee.'
'Maar je zei toch ook iets over schoenen?' vraagt
Pareltje. 'Wat is daar dan mee?'
'Als je de moskee binnen wilt, moet je eerst je
schoenen uittrekken. Met suikerfeest staan er
duizenden paren en die mag jij fijn gaan poetsen.'
'Hoezo moet ik dat doen!' roept Pareltje uit. 'Dat
doen ze maar lekker zelf.'
'Dat staat in het mailtje van Ali B, luister maar, ik zal

het in gewoon Nederlands voorlezen.'
'Meid! Wat loop je me nou uit te dagen? Echt een
rare mail, ik vind het niet leuk. Beetje respect ja ...
Mijn achterneefje Hassan vindt de uitdaging cool
en hij wint, dus het geld is voor hem. Jij verliest en
daarom moet je voor straf alle schoenen poetsen bij
de moskee met suikerfeest. Tot over twee weken op
het Museumplein. Ali B.

'Ik snap het nog steeds niet,' zegt Pareltje terwijl ze
nog zo'n lekker groen ding van het schaaltje pakt.
'Wat kletst die Ali nou over zijn achterneefje. Die
heeft er toch niets mee te maken?'
'Zijn achterneef Hassan neemt de uitdaging over, dus
je moet tegen hem rappen.'
Pareltjes mondhoeken zakken omlaag.
'Hassan, welke Hassan?' vraagt ze op een toon alsof
alle lol eraf is. 'Waarom niet tegen Ali B, ik heb het
toch aan hem gevraagd?'
'Wees blij!' roepen Stijn en Jamal tegelijk. 'Tegen
Ali B zou je geen enkele kans hebben. Je wordt door
iedereen uitgelachen en uitgejouwd.'
'O, denken jullie dat?' vraagt Pareltje beledigd. 'Ik
geen kans? Wedden van wel? Ik had hem vierkant het
podium af gerapt. Dat weet hij zelf ook en daarom
stuurt hij zijn neefie op me af omdat hij niet durft.
Bah, wat een schijtkippie.'

'Ik zou maar wat minder praatjes hebben, Pareltje, en heel hard gaan oefenen,' waarschuwt Jamal. 'Al die neefjes van Ali B zijn supergoed in rappen en ik moet nog zien dat het jou ook zo lukt.'

Pareltjes raplied nummer 1

De volgende dag om precies tien over negen komt Pareltje de klas binnen stormen.

'Ha, juf Vis, ha Kukelkontjes,' groet ze vrolijk, 'daar ben ik dan. Is dat niet fijn voor iedereen?'

De juf kijkt verrast op maar haar stem klinkt streng als ze zegt: 'Heel fijn, Pareltje, maar het was nog fijner geweest als je, net als de anderen, op tijd was gekomen.'

Pareltje kijkt naar de klok boven de deur en trekt een verbaasd gezicht.

'O,' zegt ze met een knipoog naar de kinderen, 'is het alweer een miljoen laat? Wat gek, ik dacht toch echt dat ik deze keer op tijd was.'

'Ik zou je straf moeten geven,' zegt de juf met een strak gezicht.

Straf? Pareltje schrikt zich naar. Als ze maar niet weer het schoolplein moet aanvegen, want ze heeft nu belangrijkere zaken aan haar hoofd.

'Spijt met peren, juf,' verontschuldigt ze zich snel. 'Alsjeblieft, geen straf, daar heb ik het veel te druk voor, echt waar. Ik moet leren rappen en dansen voor een wedstrijd. Ik heb gigantisch veel talent en ik kan het best al een beetje, maar toch moet ik nog

oefenen. Om het goed te maken, zal ik speciaal voor
jou een liedje rappen.'
'Liever niet!' schrikt de juf en ze begint Parel naar
haar stoel te duwen.
'Jawel,' lacht Pareltje terwijl ze onder de handen van
de juf uitdraait. 'Dit lied is zo sodeknalletjes goed,
dat zelfs jij, juf, het graag wil horen.'
Pareltje gaat voor het schoolbord staan en maakt
zo'n diepe buiging voor de juffrouw dat ze de
broodkorsten van het ontbijt onder haar laars ziet
plakken.
'Pareltjes rapsong 1,' kondigt ze vol zelfvertrouwen
aan terwijl ze haar staart scheef zet en haar rokken
wat omlaag sjort. Enthousiast begint ze zo luidkeels
te rappen dat het klinkt als het rauwe brullen van een
gewonde leeuw.
'Parel is echt toppie, Parel is oké!' loeit ze terwijl
beurtelings haar linker- en rechtervinger de klas in
wijzen. 'Een super roversmoppie, rap dus met haar
mee, eh …' Ze valt stil en kijkt vertwijfeld naar Jamal
omdat ze geen idee heeft hoe ze verder moet.
'Pare pare pareltje!' brult ze als Jamal zijn schouders
ophaalt en hard stampen haar laarzen mee in het
ritme, 'Pare pare pareltje!' Haar klasgenoten kijken
haar vreemd aan en een paar jongens beginnen te
grinniken.
Sufferd, verzin nou wat, denkt Pareltje bij zichzelf.

Maak een rijmpje, zo ingewikkeld is dat niet! Niets
wil haar te binnen schieten.

'Pare pare pareltje,' klinkt haar stem iel en onzeker en
ze kijkt er zo radeloos bij dat een stel kinderen in de
lach schieten.

Plotseling voelt Pareltje de sterke vingers van de juf
in haar nek.

'Dankjewel, Parel, prachtig maar niet heus, ga
alsjeblieft naar je plek.'

Wat een afgang, denkt Pareltje als ze Jamal slap
van het lachen over zijn tafel ziet hangen. Met
neergeslagen ogen gaat ze snel op haar stoeltje naast
Stijn zitten.

'Nu stoppen met lachen,' gebiedt juf Vis. 'Pareltje,
pak ook je werkschrift en maak de sommen op
bladzijde achtentwintig.'

'Samba mia, dat ging helemaal niet goed,' fluistert
Parel met haar lippen dicht bij Stijns oor. 'Hoe
bedenk ik nou een raplied?'

'Pak eerst je schrift!' dringt Stijn aan met een
gespannen blik op de juf.

Als haar klasgenoten allang weer aan het rekenen
zijn, spit Parel nog steeds in haar la. Ze schuift
kippenbotjes en vuurstenen opzij en een glazen pot
met een wandelende tak erin.

'Is dit de goeie?' vraagt ze aan Stijn als ze achterin een
verfrommeld schrift vindt.

'Nee, die oranje,' wijst Stijn, 'met die getallen en breuken op de kaft.'

Pareltje opent het schrift, laat het zand eruit lopen en bladert naar pagina achtentwintig. Oef, wat een hoop cijfers! Overal ziet ze zessen en vieren staan, een paar achten, een negen en een drie.

'Sodesamba, wat moet ik met al die getallen. Ik word er tureluurs van!' Ze pakt een vulpen en begint fanatiek te strepen.

'Jij kan weg en jij kan weg en jou kan ik al helemaal niet gebruiken.' IJverig krast ze het ene getal na het andere door.

'Bah, wat zie jij er saai uit,' moppert ze en ze zet een vette streep door de vijf. 'En wat moet ik met zo'n dikkerd als jij?' Parel krast en krast en zo verdwijnt ook de honderd achter een laag blauwe inkt. Als ze haar hoofd optilt om haar ogen even rust te gunnen, ziet ze dat de juf tevreden naar haar kijkt. Pareltje lacht poeslief terug, bijna klaar, zegt haar mond. Het papier wordt blauwer en blauwer van het strepen en tegelijkertijd gebeurt er in Parels hoofd een wonder. Bij elk getal dat door haar pen verdwijnt, begint het in haar hersens luider te rappen. Woorden suizen van links naar rechts door haar hoofd en haar pen krast vurig mee in het strakke ritme.

'Klaar!' roept Pareltje als er nog maar drie cijfers te zien zijn. Enthousiast springt ze op en klautert

op haar tafeltje met haar rekenschrift boven haar
hoofd zodat de hele klas het goed kan zien. Met haar
rokken laag op haar heupen begint ze te rappen.

'Eén en één is twéé
en verder wég erméé!
Geen vier, geen vijf, geen zés,
dat geeft alleen maar stréss.
Kíds doe toch als míj
veel strepen maakt je blíj,
krassen is heel tóf
de juf krijgt maar de plóf!'

'Yo man!' zegt Jamal en hij steekt bewonderend zijn
beide duimen naar haar op.
'Het is doen als ík, en niet, doen als mij,' verbetert de
juf met een zuinig lachje.
'Ook best, juffie!' stemt Pareltje in met een verheugde
blik op Jamal.
'Zitten jij en iedereen weer aan het werk!' zegt de juf
en streng wijst ze naar Pareltjes stoel.
'Wat moet ik doen, juf?' vraagt Pareltje terwijl ze haar
vulpen weer oppakt. 'Geef me maar een opdracht, ik
vind alles best.'

Ouwe koek is echt niet leuk

Het is al halverwege de ochtend en nog steeds zit Pareltje op school. Al ettelijke keren heeft ze aan juf Vis haar hoofd gezeurd of ze gaan rappen maar steeds is het antwoord nee.

'Daarom ben ik wel hier, hoor juf,' probeert Pareltje nog eens. De ogen van de juf vlammen nu zo kwaad dat ze maar weer aan het werk gaat.

Het stilzitten valt haar zwaar. Alles aan haar kriebelt en wiebelt en overdreven luid puft ze boven haar geschiedenisboek.

Met slordige halen kleurt ze de lippen van de soldaten karmijnrood en tekent ze roze hartjes op hun helmen. Nu zijn de deftige dames met hun wijde rokken aan de beurt. Pareltje geeft ze pimpelpaarse snorren, een stoere tattoo op hun bovenarm en een neuspiercing.

'Handig zo'n hoepelrok,' zegt ze dwars door het klaslokaal heen. 'Ze zijn zo wijd, daar past een hele roversbende onder. De volgende keer dat ik naar de bank ga, trek ik ook zo'n rok aan. Mijn pa en de rovers kunnen zich eronder verstoppen en hoeven alleen maar hard mee te kruipen als ik naar binnen ga. Bij de balie zeg ik dan: "Rokkie hoog!" en til ik de hele handel op. De rovers komen tevoorschijn en kunnen hun broekzakken vullen.'

De kinderen lachen maar de juf richt zich op en vraagt scherp: 'Wil je nu stil zijn?'

'Is goed,' antwoordt Pareltje met een diepe zucht, 'ik ga wel weer naar die dooie mensen van duizend lang geleden kijken, maar het is wel ouwe koek, vind je ook niet juffie?'

De juf kijkt haar nu zó boos aan dat Parel haar potlood maar weer op het papier zet en braaf tekent ze een schatkist. Terwijl ze bezig is de kist te vullen met gouden munten gebeurt er alweer een wonder in haar hoofd. Dolgelukkig stoot ze Stijn aan en fluistert: 'Ik heb een fantastische rap verzonnen!'

'O nee,' piept Stijn, 'Parel, niet nu, bewaar dat alsjeblieft voor als we in Hol Pierewiet zijn.'

'Kan niet,' antwoordt Pareltje gejaagd. 'Het lied ontsnapt al bijna uit mijn hoofd. Ik rap en jij schrijft. Ik zal zacht doen, oké?

Ouwe koek is echt niet leuk,
geeft me gruwelijke jeuk
aan mijn kop en aan mijn tenen
heb de kriebels in mijn benen.
Maar vertelt de juf vol vuur
over kogels in de muur,
over ridders en hun paarden

over koningen en zwaarden,
dan denk ik maar één ding:
zat ik er maar midden in!
Lekker hakken, slaan en vechten
met de goeie of de slechte,
met een bijl of met een pook
Ha! Geschiedenis is dope!'

'Helemaal niet slecht,' zegt Stijn terwijl hij het briefje
met de tekst haastig opvouwt. 'Nu ga ik weer aan het
werk want ik wil niet nablijven.'
'Nou ik niet hoor, ik heb genoeg gedaan voor
vandaag,' en opgelucht propt Pareltje het boek en
werkschrift weer in haar la.
'Het was toppie, juf,' zegt ze als ze overeind komt,
'maar nu ga ik ervandoor want mijn zitvlees is op,
of heb je nog ergens een pondje liggen? Niet, nou,
doei dan maar. Heeft er iemand zin om mee te gaan?'
Vragend kijkt Pareltje de klas rond en ze ziet de ogen
van Jamal en Nadia oplichten van verlangen terwijl
hun billen onrustig over hun stoelen schuiven.
'Niks daarvan,' zegt de juf en ze steekt haar hand naar
Pareltje uit, 'en jij blijft ook hier.'
'Pech voor jou, juf!' Met ondeugend twinkelende
ogen duikt Pareltje onder haar arm door en groet:
'De beste balle en tot gauw!'

Pareltjes dooievissenlied

'Ha buuv!' roept Parel een paar dagen later door het kapotte raam van Hol Pierewiet, 'wil je me helpen met een raplied?'
De buurvrouw lacht en zwaait vanuit haar achtertuin met haar stok naar Pareltje.
'Gekke griet, rappen is toch niks voor bejaarde mensen? Daar moet je jong voor zijn!'
'Dat weet ik dan ook weer,' mompelt Pareltje en ze stapt uit het raam en slingert aan een touw naar beneden. Ze klimt op Andès en rijdt met een vaartje naar de winkels.
'Zullen we een potje rappen, gehaktman?' vraagt ze aan de slager.
'Nee, is moeilijk, vraag liever mijn zoon,' antwoordt de slager en met een klap slaat hij met een bijl een groot stuk vlees in stukken.
Parel vraagt het aan de groenteman. Hij trekt een rimpel in zijn voorhoofd en gooit haar dan een appel toe.
'Sorry, meisie, rappen zal je zelf moeten doen.'
Alleen de visboer op de markt wil het wel proberen.
'Lekkere makreel en een broodje hariiiing,' zingt hij met lange uithalen, 'zo gezond voor elk mens.'

'Stop maar met dat vislied,' kapt Pareltje hem af. 'Dat lijkt echt niet op rappen.'

'Doe jij het dan beter?' zegt de visboer en boos smijt hij een vieze handdoek op de toonbank.

'Oké,' zegt Pareltje, 'proberen.' Ze kijkt een poos naar de vissen die tussen het ijs in de vitrine liggen.

'Ik weet een raplied!' zegt ze terwijl ze van de lama op de hoge toonbank van de viskar stapt. 'Mensen, oren open en luisteren!' waarschuwt ze het publiek dat tussen de kramen loopt. Met een stroeve stem die bibbert van de zenuwen begint ze te rappen.

'Dooie ogen, dooie staarten,
dooie vinnen, dooie bek
welke gek wil dat nou eten?
Vis? Bedankt, ik heb geen trek!'

De mensen blijven staan om naar haar te kijken. De visboer straalt om zoveel aandacht voor zijn kar. Wat meer op haar gemak gaat Parel verder:

'Vissie happie, haring kauwen,
nee, dat is echt niks gedaan.
Geef hem water, 't beest mot zwemmen,
laat die visman hier maar staan.'

De mensen beginnen te lachen en stoten elkaar

aan. De visboer kijkt allang niet vrolijk meer en hij
grijpt Parels hand beet om haar van de toonbank te
trekken.
'Ouwe schurk, laat dat!' schreeuwt Pareltje en ze
worstelt om overeind te blijven. 'Ik ben nog niet
klaar, hoor maar:

Duizend graten, duizend kreten
help! er zit wat in mijn strot
pak een nijptang, bel de dokter
nooit meer vis, ik voel me rot!'

Parel ziet opeens Stijn, Jamal en Ilse tussen het
publiek staan en wil zwaaien. Maar ze krijgt zo'n
harde ruk aan haar arm dat ze valt en achter de
toonbank verdwijnt. De visboer legt zijn vieze hand
die stinkt naar haring over haar mond.
'Vis is héél gezond!' brult hij over de toonbank naar
de mensen terwijl Pareltje vecht om vrij te komen.
'Ik zal nog eens reclame voor je maken,' zegt ze als
hij haar eindelijk loslaat. Nijdig strijkt ze haar rokken
glad.
'Gaan jullie met me mee naar Hol Pierewiet?' vraagt
ze als ze de halve klas ziet staan. 'Dan gaan we een
rapfeestje bouwen met keiharde muziek, lekker
dansen en flink petje draaien.'
'Gaan we dan ook make-uppen?' vraagt Manon,

'want dat hoort bij een feest.'

'Tuurlijk,' zegt Parel, 'we gebruiken alle potten verf en alle parfumflessen die we kunnen vinden. Hebben jullie zin?'

Hulp van de klas

Vanuit de ramen van Hol Pierewiet hangen meiden met blauwe, paarse en rode viltstiftstrepen boven hun ogen. Ze giechelen en kwebbelen en het glitterpoeder op hun wangen schittert in het licht. De jongens zijn op het dak van de boomhut geklommen en trommelen met hun vlakke handen op de ijzeren platen.

'Tjoem-ke-ke-boem, tjoem-ke-ke-boem,' zingt Jamal met zijn vuist tegen zijn mond en soepel beweegt hij mee in het ritme.

'Ga door, Jamal,' roept Pareltje schrijlings zittend op een tak, 'het gaat super zo! Ik voel al bijna een rap aankomen. Hij borrelt als een pannetje pap in mijn bovenkamer. Ik weet alleen niet waar het over moet gaan, dus kunnen jullie me niet even helpen?' Parel kijkt naar de meiden die aan elkaars haar plukken of zichzelf in een spiegeltje bestuderen.

'Heb je niet wat te eten?' vraagt Ruben. 'Ik krijg ontzettende trek van al dat trommelen.'

'Ja, Parel,' vallen de kinderen hem bij, 'heb je niet wat lekkers voor ons?'

'Ik zou over mijn vader kunnen rappen,' zegt Parel alsof ze de kinderen niet hoort, 'of over mijn lieve moeder ver weg in Zuid-Amerika.'

'Je hebt toch wel iets te snoepen!' roepen de kinderen
nu zo hard dat Pareltje wel moet antwoorden.

'Spijt met peren,' zegt ze sip, 'ik heb niks, zelfs geen
ouwe krentenbol en ik kan het niet kopen ook want
ik ben blut. Kijk maar in de schatkist. Je zal zien dat
er geen cent inzit.'

Jamal tilt het deksel op en kijkt met ogen die
uitpuilen van verbazing in de lege kist.

'Hoe kan dat nou, jij bent altijd zo rijk!'

'Je hebt toch op een andere plek nog wel wat,' dringt
Marla aan. 'Net als vorige keer, toen had je je geld in
een sok van de buurman verstopt.'

Zwijgend trekt Pareltje de voering van haar zakken
naar buiten en schudt haar hoofd.

'Maar je vader is roverhoofdman,' roept Nadia uit.
'Hij kan je toch wel wat geven!'

'Puh, mijn pa!' zegt Pareltje met een lelijk gezicht.
'Stoere Proet is verleden week met zijn mannen
vertrokken omdat hier niks meer te roven viel.
Volgens hem zitten op elke voordeur wel zes sloten
en overal hangen camera's. Hij probeert het nu in
een land hier ver vandaan waar ze stinkend rijk zijn.
Daar rijdt hij, gekleed in een lang gewaad, rond in de
woestijn op een kameel of een dromedaris.'

'Egypte,' roept Nadia enthousiast, 'daar komen mijn
grootouders en hele familie vandaan!'

'Nee, Marokko, daar barst het van de kamelen,' beweert Jamal stellig.

'Maar in Irak zijn ze ongelooflijk rijk door de olievelden,' werpt Omar tegen.

'Heb je echt helemaal geen geld?' vraagt Amber met een bezorgd gezicht.

'Zonder cent liet hij me achter,' zucht Pareltje zielig en ze laat haar hoofd hangen.

'Jokkebrok, daar is niks van waar,' zegt Stijn. 'De schatkist zat boordevol maar ze deed er spelletjes mee. Ze liet de gouden munten als stenen over het water zeilen.'

'Ha, dat was leuk!' Pareltje lacht ondeugend.

'Niet één munt haalde de overkant,' gaat Stijn verder. 'Haar hele kapitaal verdween in de blubber van de vaart en de laatste klompjes goud die over waren, heeft ze uitgedeeld.'

'Dat was wel ontzettend lief van mij,' verdedigt Pareltje zich.

'Ja, als je het aan een kindertehuis gegeven had wel, maar jij gaf het aan een miljonair omdat je zijn sportauto zo mooi vond.'

Pareltje haalt onverschillig haar schouders op en antwoordt: 'Hij was er toch blij mee.' Ze kijkt de kinderen vrolijk aan en met open monden staren ze terug.

'Mis je je vader en moeder niet heel erg?' vraagt

Nadia na een poosje.

'Missen, welnee, ik heb toch Stijn en jullie allemaal.'
Pareltje lacht stoer maar toch voelt het in haar buik
plots een beetje wee. 'Zullen we nu eindelijk stoppen
met dat geklets en lekker gaan rappen?' verandert
ze snel van onderwerp. 'Ik móét beslist van Ali B
winnen, want ik heb dat geld nodig, dat begrijpen
jullie nu wel. De wedstrijd is over twee dagen en ik
moet nog één raptekst verzinnen, dus roep maar een
onderwerp.'

Van de ene minuut op de andere is het stil en de
kinderen kijken haar met lege ogen aan of moeten
dringend iets in hun broekzak zoeken.

'Jullie hebben toch wel een voorstel voor een
stoer raplied?' vraagt Pareltje. 'Wat denken jullie
bijvoorbeeld van dropveters in je schoenen of ...
dat de meester alleen nog boos mag zijn als hij het
rappend doet.'

'Cool!' joelen de kinderen.

'Of dat je zonder mobieltje niet welkom bent op
school en de juf vanaf nu alleen nog lesgeeft in
kauwgumbellen blazen.

'Stoer!' brullen de kinderen in koor.

'Of,' Pareltje fronst haar voorhoofd en denkt diep na,
'een lekker vies rappie is ook wel geinig, bijvoorbeeld,
dat je de pulk uit je neus aan je tafeltje afsmeert als je
daar zin in hebt.'

'Blèèèh!' kokhalzen de kinderen zo hard dat de buurman geschrokken zijn raam dichtdoet.

'Kan het niet over mijn zusje gaan?' klinkt opeens de heldere stem van Manon.

'Heb jij een zus?' vraagt Pareltje jaloers.

'Ze heet Jill,' vertelt Manon. 'Ze is ernstig ziek en dat vind ik zo vreselijk zielig.'

Pareltje schrikt en het is nu zo stil dat je de blaadjes aan de beukenboom hoort ruisen.

'Heeft ze pijn in haar oor?' vraagt Pareltje voorzichtig. 'Dat heb ik ook wel eens gehad.'

'Nee, in haar buik, zo erg dat ze geopereerd moet worden.'

'Gewát?' vraagt Pareltje verbouwereerd.

'Ze snijden haar open,' legt Manon uit, 'en dan gaat de dokter met zijn hand in haar buik en haalt iets weg.'

'Sodesamba!' Van schrik kukelt Pareltje zowat van de tak af en vraagt: 'Je bedoelt toch niet snijden met een vleesmes? Zijn ze gek geworden? Nou, daar kan ik wel wat over rappen.

Hé dok, wat maak je nou!
Handen thuis en gauw,
Jills buik is niet van jou,
snij in je eigen vrouw!'

Pareltje kijkt Manon trots aan en vraagt: 'Bedoel je zoiets?'

'Het mag best wat liever en gevoeliger,' antwoordt Manon zacht.

'Liever?' Pareltje ziet er plotseling onzeker uit en vraagt weifelend: 'Bedoel je, lief zoals ik mijn lama aai?'

Manon knikt en Pareltje begint aan haar achterhoofd te krabben alsof het vol kriebelende luizen zit en ze denkt en denkt. Niet één lief woord komt in haar hoofd op.

'Jill is mijn liefste zus,' schiet Jamal haar al rappend te hulp.

'Dus geef ik haar een kus,' gaat Nadia verder.

'Ik kan niet zonder haar,' rijmt Manon zacht.

Pareltje voelt haar ingewanden kronkelen van medelijden en ze brult:

'Vlug, dok, toch snijen maar!'

De kinderen kijken haar met ernstige ogen aan en schudden afkeurend hun hoofd.

'Jill speelt altijd met mij,' rapt Manon,

'Zíj huilt als ík me snij.'

'Nu voelt ze zich heel naar,' vult Stijn aan.

'Dus gauw, dok, pak die schaar!' loeit Pareltje met een stem die snotterig klinkt.

'Nee, Parel, verzin nou eens iets aardigs,' zegt Jamal, 'vanuit je hart, dat hoort ook bij rap.'

'Doen jullie dat maar,' zegt Pareltje terwijl ze haar snotneus aan haar rokken afveegt. 'Maak maar een treurige rapsong voor mij. Maar niet al te zielig, hoor, want dan word ik tranerig en moet ik janken.'

'Waar ga je heen?' vraagt Stijn als Pareltje haar been om een dik touw slaat.

'De mensen op straat bevelen dat ze naar de wedstrijd moeten komen en dat ze op mij moeten stemmen want anders …'

Ze slikt. Ze heeft nog maar twee dagen. Zou het wel gaan lukken? Nou moet ze nog aardige woorden rappen ook, liefst met veel snot. Samba mia, hoe doe je zoiets?

Pareltje glijdt langzaam langs het touw en hoe dichter ze bij de grond komt hoe meer zorgen ze zich maakt. Ik wist niet dat rappen zo moeilijk is, denkt ze. Als ik maar niet verlies! Ik moet een plan verzinnen voor als het misgaat, want duizenden schoenen poetsen, nee, dat nooit!

Hassan, de achterneef van Ali B

'Ik heb de bange bibbers,' zegt Parel op de dag van de wedstrijd tegen Stijn die naast haar fietst. 'Voel maar, mijn voeten doen de hele tijd brrrr.' In een wolk van parfum zit ze op Andès en ze steekt haar roze geverfde laars, die beplakt is met duizenden glitters, naar Stijn uit.

'Omdat het je laatste vrije dag is,' plaagt hij haar. 'Morgen moet je schoenen poetsen.'

'Niet als ik win!' Vlug gaat haar hand naar haar zak op zoek naar een klein potje.

Met dit spul móét het lukken, denkt ze als ze het harde plastic in haar handpalm voelt. Ik heb dat pepertje niet voor niks tot prut gestampt en fijn gemalen.

'Loop eens wat harder, ouwe makker,' spoort ze Andès aan. Een goud gespoten fietsketting rammelt om haar nek terwijl ze in draf door de straten van Amsterdam gaat. Ze rijdt, omringd door fietsers, tussen trams en auto's door, en gaat soms hele stukken tegen het verkeer in. Uitgelaten zwaait ze naar iedereen die ze ziet en ze roept: 'Mensen, stem op mij!'

Hoe dichter ze bij het Museumplein komt, hoe meer

jongens met petjes ze ziet. Die gasten ken ik helemaal niet, denkt ze als ze naar een groep jongens kijkt.

'Parel is echt toppie, Parel is oké!' zingt ze.

Als één blok keren de jongens zich naar haar om en schreeuwen: 'Hassan is de man die 't beste rappen kan!'

'Op je versleten zolen!' roept Pareltje terug en ze zorgt dat ze wegkomt.

'Dat zijn allemaal fans van Ali B!' hijgt Stijn die met een rode kop achter haar aan racet. 'Die weten wel hoe een goeie rap klinkt.'

'Toch ga ík winnen,' zegt Pareltje en weer gaat haar hand naar haar zak en sluiten haar vingers zich om het potje.

'Ha Jamal, ha Nadia, ha Ruben, ha Lars,' jubelt Pareltje als ze het drukke plein op rijdt, 'ha Manon en Marla!' Verheugd zwaait ze naar de kinderen met hun spandoeken en toeters.

'Is die Hassan er al?' vraagt ze terwijl ze door een grote zonnebril om zich heen speurt.

'Geen flauw idee,' antwoordt Jamal. 'Het staat hier stampvol met mensen.'

Aan de zijkant van het Museumplein ziet Pareltje een steile helling waar gras op groeit.

Het lijkt wel een tribune, denkt ze terwijl ze er tegenop rijdt, maar dan eentje zonder banken.

'Je blijft in de buurt hoor,' commandeert ze Andès

als ze zich van zijn rug laat glijden. 'Want als het misgaat, heb ik je hard nodig.'

Ze neemt het enorme plein en de mensenmassa in ogenschouw en het zweet breekt haar uit.

Samba mia, dat zijn duizenden Ali B-fans die me in de gaten houden. Ik zal heel voorzichtig moeten zijn.

Vlug wenkt ze Stijn, Jamal en de andere klasgenoten naar boven.

'Kom alsjeblieft dicht bij me staan,' smeekt ze.

'Zo moederziel alleen vind ik het maar niks.' Ze neemt een hap van Marla's broodje en schrokt het zenuwachtig naar binnen.

'Waar blijft die Hassan nou?' Ongedurig sjort Pareltje aan haar staart, die als een lantaarnpaal door een gat in haar roze petje steekt.

'Ali B!' schreeuwt ze over het plein, 'waar ben je dan met je achterneeffie of durft-ie niet?'

Een woedend gebrul klinkt uit het publiek en honderden vingers wijzen kwaad naar Pareltje.

'Ali is de man en Hassan is zijn neef!'

'Hou je koest, Pareltje,' sist Stijn gespannen. 'Die Hassan heeft veel meer fans dan jij.'

'Daar komt-ie aan!' waarschuwt Jamal en hij wijst naar een kleine, stevig gebouwde jongen die onder luid applaus naar boven klimt. De kinderen wijken als voor een beroemdheid uiteen en maken zo een pad vrij naar Pareltje.

'Zo, neef,' begint Pareltje als Hassan voor haar staat en ze rekt zich maximaal uit om goed op hem neer te kunnen kijken. 'Heb je je bordje havermoutpap al gehad vandaag?'

Ze knipoogt naar de kinderen, maar niemand lijkt het leuk te vinden.

'Respect, Parel,' sist Jamal achter haar.

'Alweer spek?' vraagt Pareltje. 'Nee, dank je en beleefd, daar heb ik nu geen trek in.' Ze richt zich tot het publiek.

'Jammer dat Ali B niet zelf tegen mij durft te rappen en zijn kleine neeffie op me af stuurt. Maar ik snap het wel: hij is bang om al zijn fans aan mij kwijt te raken.'

'Geen meelij met die chick!' brullen de fans.

'Relax,' antwoordt Hassan, 'alles cool,' en losjes steekt hij zijn duimen op.

'Ben je er klaar voor, dame?' vraagt hij terwijl hij Parels parfumlucht weg wappert. 'We doen het zo: Ik begin en doe één rap, daarna haal ik doekoe op in mijn pet. Dan jij, rappen en geld ophalen. Dat doen we drie keer en wie aan het eind het meeste geld heeft, is de winnaar. Hij krijgt alles, dus jouw geld is dan ook van mij, heb je dat check? Jij poetst patta's. Mijn vader, broers, ooms, neven en vrienden zetten alle schoenen die ze hebben bij de moskee. Dat zal je leren om Ali B een schijtkippie te noemen.'

Terwijl Hassan praat, voelt Pareltje haar gelakte teennagels opkrullen van boosheid. Wat denkt dat kleine opdondertje wel niet!

'Ik zal ook míjn laarzen erbij zetten,' zegt ze fel, 'en de hakken van de juf, de schoenen van de buren en van alle kinderen van de klas. Tegen de tijd dat je eindelijk klaar bent met poetsen, ben je misschien een grote jongen. Succes ermee!' Ze drukt haar zonnebril wat steviger op haar neus, draait zich dan met een ruk om en voegt zich bij de kinderen.

Hassan staat nu alleen boven aan de helling.

Parel buigt zich naar Stijn toe.

'Wedden om een gebraden kip dat dat ventje er niks van bakt?' fluistert ze vrolijk.

Als Hassan begint te rappen, verdwijnt de glimlach algauw van Parels gezicht.

Krijg nou de samba! Dat ventje rapt nog sneller dan een rover aan zijn achterwerk krabt.

Hoe komt hij aan die hippe woorden en dan dat ritme! En zoals hij beweegt, zo los en toch stoer, hoe doet hij dat?

Parel ziet Stijn met bezorgde ogen haar kant op kijken.

'Komt goed!' zegt ze terwijl ze haar mouwen opstroopt. 'Ik zal al die Ali-neven eens laten zien wat rappen is.'

Gooi wat in mijn pet!

Pareltje staat boven aan de helling, klaar om haar eerste lied te rappen, en zenuwachtig draait ze haar heupen alvast los.
Ik zal flink moeten knallen, denkt ze terwijl ze Hassan met haar ogen volgt. Met zijn pet in zijn hand loopt hij tussen de mensen door en zelfs boven aan de helling hoort Parel de munten rinkelen. Met een volle pet en lachend van trots komt Hassan terug. Wacht maar, ventje, denkt Pareltje, haal die grijns maar van je snuit, want nu ga je het meemaken. Ze ademt in tot aan haar grote teen, die door een gat in haar laars naar buiten loert, en begint te rappen. Haar stem loeit over het plein en haar vinger prikt scherp als een angel naar het publiek.

'Drinken als een rover,
dat wil toch elke griet.
Slurpen, boeren, zuipen,
gedraag je liever niet.

Parel is echt toppie, Parel is oké,' brult ze met heupen die soepel ronddraaien, 'een pittig roversmoppie, rap dus met haar mee.'

Alleen achter zich hoort Pareltje een paar kinderen
aarzelend meezingen maar op het plein blijft het stil.
Het is die rappers zeker niet stoer genoeg, denkt ze.
Ik zal er een scheppie bovenop doen.

'Vechten als een kerel
dat wil toch elke meid
schop hem voor zijn schenen
heb aan alles schijt.'

Zo, dat ging lekker! Pareltje draait zich vol trots om
naar haar klasgenoten. Niet erg op hun gemak kijken
de kinderen langs haar heen.
Wat doen ze vreemd, denkt Pareltje en onzeker
wendt ze zich naar het publiek toe en ziet dat zelfs de
neven van Ali B haar verbijsterd aangapen.
Krijg nou de samba, waarom vinden die gasten het
niet mooi? Zo ga ik niet winnen.
'Je moet niet van die lelijke woorden zeggen!' fluistert
Jamal scherp in haar oor.
'Zing nou eens wat aardigs,' hoort ze de stem van
Nadia achter zich.
O nee, niet weer aardig! Pareltje voelt de moed in
haar glitterlaarzen zakken terwijl ze een hommel
wegslaat, die gelokt door de overdadige parfumlucht
om haar hoofd zoemt.

'Lief zijn als een bijtje,' rapt ze met tegenzin,
'dat wil toch elke meid.'

Al bij de eerste woorden beginnen haar tenen te
steken en te jeuken van ergernis.
Dit past gewoon niet bij me, denkt ze terwijl ze
opstandig op de grond stampt. Ik ben niet van
de bloemetjes en de bijtjes; ik ben Pareltje, de
roversmeid! Het eind van het lied spuugt ze uit, boos
om al die zoetsappigheid.

'Prik hem in zijn donder
en heb vooral geen spijt!'

Ze plant haar handen in haar zij, kijkt bazig neer op
het publiek en commandeert: 'Pak je portemonnee
want ik kom eraan!'
Met haar glitterlaarzen in de lucht roetsjt ze op haar
zes rokken de grashelling af.
'Gooi wat in mijn pet!' commandeert ze terwijl ze de
mensen dwingend aanstoot. Stuk voor stuk kijken
ze haar afkeurend aan en geven niks. Hassan begint
alvast met het tweede raplied en Pareltje ziet het
publiek meedeinen op de maat als een schip op de
rollende golven.
'Zo moet rap klinken,' zegt een jongen tegen haar.
'Niet alleen lelijke woorden brullen, zoals jij doet.

Rap moet van binnenuit komen. Het moet je raken,
hier!' Hij beukt met zijn vuist op zijn borst op de
plek waar zijn hart zit.

'Neef van Ali B, zeker?' vraagt Pareltje en met haar
neus hooghartig in de lucht loopt ze door. Toch
blijven de woorden van de jongen door haar hoofd
malen en in gedachten ziet ze weer zijn vuist tegen
zijn borstbeen dreunen.

Natuurlijk weet ik wel wat me raakt, denkt ze, maar
daar ga ik niet over zingen want dan word ik zo
tranerig als een rover die dertien kilo uien snijdt.

Met slechts een paar geldstukken in haar pet klimt
ze weer langs de grashelling naar boven. Hassan is
net klaar met zijn tweede rap en een oorverdovend
applaus en schel gefluit klinkt.

'Hassan is de man, die het beste rappen kan!' galmt
het zelfs in de meest afgelegen uithoeken van het
Museumplein.

Pareltje bijt op haar onderlip en weet: met rappen ga
ik niet van hem winnen. Het is tijd voor wat pittigs.

Pareltje heeft heel erg spijt

Hassan komt voor de tweede keer naar boven klimmen met een pet die zwaar is van het geld. Pareltje heeft net alle fijngemalen rode peper uit het potje in een flesje gele frisdrank gedaan en gluurt nu om zich heen.

Niemand heeft het gemerkt, denkt ze, alle ogen waren gericht op Hassan, en ze schudt het flesje krachtig zodat de drank oranje kleurt.

'Hier, voor wat extra pit,' zegt ze terwijl ze Hassan het flesje aanreikt, 'neem een slok, het smeert de keel en je gaat weer als de bliksem.'

'Neem zelf maar,' zegt Hassan, 'jij kan het beter gebruiken dan ik.'

'Ik heb al gehad,' liegt Pareltje. 'Ik ga weer optreden.' Wat als hij het niet opdrinkt? flitst het door haar hoofd. Dan moet ik schoenen poetsen tot ik geen vingers meer over heb.

Het flesje hangt los in Hassans hand en hij lijkt nog geen slokje te gaan nemen.

Pareltje voelt zich opeens heel klein en zielig en denkt, het gaat hartstikke mis. Alle moeite is voor niks geweest. Ik sta compleet voor gek. Ik kan helemaal niet rappen, maar toch moet ik door, want

anders denken ze dat ik niet meer durf. Met tegenzin
gaat ze op haar plek staan.
'Met je hart, Parel,' moedigt Jamal aan, 'van
binnenuit, als een echte rapper!'
Goed dan, denkt Parel, ik zal een snotlied doen,
zo erg, dat iedereen naar zijn zakdoek grijpt. Met
gesloten ogen begint ze te rappen.

'Ben bóós op je, pa,
wie laat er nou een kind alleen?
Bóós ben ik, bóós
op jou die zo opeens verdween.'

Al rappend voelt Pareltje zich echt boos worden en
denkt, waarom moet ik altijd voor mezelf zorgen?
Nooit stopt iemand me in bed, nooit een aai over
mijn bol en nooit fijn een verhaal voorlezen op de
bank. Ze voelt zich naar en koud en slaat haar armen
om zichzelf heen.

'Píjn doet het, pa,
píjn in mijn buik, píjn in mijn hart.
Píjn doet het, pa,
ik leef alleen en dat is hard.'

'Yo man,' hoort ze Jamal achter zich en ze denkt
verbaasd: het lijkt wel of hij apetrots op me is. Zou ik

het gevoelig genoeg doen?
In haar ooghoek ziet ze Hassan naar haar kijken en
gretig de drank naar binnen klokken.

'Toch gekke pa,
hou ik van jou, van jou alleen,
dus lieve pa,
wou ik, dat je snel verscheen.'

Het publiek begint zo luid te klappen dat de duiven
van schrik uit de dakgoten omhoog fladderen.
De woorden 'bruut!' en 'dope!' galmen tussen de
museumgebouwen en over het plein.
Krijg nou de samba! denkt Pareltje en dolgelukkig
duikt ze op haar buik de helling af. Met haar
rokzakken wijd open gaat ze rond en zegt: 'Mijn
petje is te klein voor duizenden munten, dus gooi
hier maar in!'
Oei! schrikt ze als ze weer boven komt en Hassans
vurige, bezwete gezicht ziet, een hele peper was wat
veel!
Met zijn beide handen om zijn keel geslagen en met
zijn tong uit zijn mond rent Hassan in paniek rond.
Hij gaat op een emmer af, gooit de bloemen eruit en
steekt zijn hoofd erin.
'Hassan moet even wat drinken,' legt Pareltje aan het
publiek uit. 'Hij komt er zo aan.'

Ze krijgt maagpijn van wroeging als ze Jamal haar
kant op ziet kijken met ogen die vlammen van
woede.

Hij weet wat voor akelig geintje ik uitgehaald heb!
dringt het met een schok tot Pareltje door als ze
Jamal ziet neerhurken bij Hassan.

Ook Nadia, Marla, Sem en alle anderen draaien
Pareltje de rug toe.

'Maak dat je wegkomt,' fluistert Stijn, 'voordat zijn
vrienden horen dat het jouw schuld is.'

'Het gaat zo wel beter met Hassan,' antwoordt
Pareltje met twijfel in haar stem.

'Hassan, tijd voor je derde rap,' zegt ze als hij
met grote paniekogen boven water komt, maar
onmiddellijk verdwijnt zijn hoofd weer in de emmer.

'Hassan voelt zich niet zo lekker,' legt Pareltje aan
het publiek uit. 'Daarom kan hij zijn derde lied niet
rappen en dat komt door … komt door …' Ze laat
haar hoofd hangen, wijst op zichzelf en begint vol
berouw te rappen.

'Het komt door mij, nu heb ik spijt
ben toch niet een leuke meid
om lekker van te houe.'

Wegkruipen wil ze om nooit meer tevoorschijn te
komen, maar dapper gaat ze verder.

'Komt spijt, dan is het al te laat
heb je gedaan wat echt niet gaat,
niemand zal nog van me houe.'

Verteerd door schuldgevoel dreunt ze met haar vuist
op haar hart.

'Heb spijt, spijt, het spijt me zo
gaf Hassan drinkie en nu wow!
niemand zal me nog vertrouwe.'

De tranen springen in haar ogen en ze wil maar één
ding: het goedmaken, voordat de kinderen haar
definitief terzijde schuiven.

'Poetsen zal ik alle pattas,
werken in plaats van dat ik rijk was
Hassan mag de doekoe houe.'

Op het doodstille plein zijn alle ogen gericht op
Pareltje. Ze loopt naar Hassan die slapjes naast de
emmer zit, pakt zijn pet en doet het geld uit haar
rokken erin. Verslagen draait ze zich om naar het
publiek en vraagt: 'Kan iemand me vertellen wanneer
het feest met suikerklonten is?'

Feest met suikerklonten

Pareltje zit met opgestroopte mouwen buiten de
moskee op de stoep en borstelt met vuurrode
wangen de ene schoen na de andere.
'Sodeknalletjes, wat fijn dat jullie me helpen,' roept
ze naar de kinderen die in een lange rij naast haar
zitten. 'Ik ben zo blij dat jullie mijn vrienden nog
willen zijn!'
Elk kind smeert en wrijft en laat de schoenborstels
over het leer dansen. Af en toe werpen ze een
moedeloze blik op de enorme berg schoenen midden
op het plein.
'Kom pa, werk jij ook eens door!' spoort Pareltje
de man naast haar aan. 'Het is ook een beetje jouw
schuld dat we hier zitten, want je had me niet zo lang
in de steek mogen laten. Potje feestvieren met de
Belgen, en ik me maar zorgen maken omdat je in de
woestijn zat!'
'Kan ik het helpen,' grinnikt Stoere Proet. 'Er was
een monnik die ons steeds pullen bier gaf.'
'Een wát?' Parels ogen beginnen te glimmen, want nu
komt er een mooi roversverhaal.
'Een monnik, dat is een man in een lange, bruine
jurk die graag bidt,' legt haar pa uit. "Niet naar de

woestijn gaan," herhaalde hij telkens tegen ons, "want als je daar iets rooft, hakken ze je hand eraf."'

'En dat geloofde jij?' vraagt Pareltje en ze begint keihard te lachen, geeft haar vader eerst een por, maar dan een lekkere knuffel. 'Nooit meer duizend lang weggaan, beloof je dat?'

Sem komt beladen met schoenen uit de moskee en roept: 'Doorpoetsen, er staan er nog veel meer!' De schoenen die klaar zijn, verzamelt hij om mee terug te nemen.

'Volgens mij zijn ze bijna klaar met bidden,' waarschuwt Stijn die ook met schoenen loopt te sjouwen.

Pareltje schrikt, kijkt naar de berg ongepoetste schoenen en beslist: 'We poetsen alleen nog de neuzen.' In razend tempo gaan de borstels over het leer en de jongens rennen af en aan.

'Dit zijn de laatste,' zegt Stijn terwijl hij zijn armen opent en een regen van schoenen op de grond ploft.

'Waar is mijn schoen?' wordt er vanuit de moskee geroepen. 'Ik ben een schoen kwijt.'

'Wie heeft mijn linkerschoen gezien?' klinkt het.

'Waar zijn de mijne, die stonden hier!'

Het geschreeuw en geroep wordt nu zo luid dat de kinderen elkaar bezorgd aankijken.

'Ik denk dat we maar eens naar huis moeten gaan,'

zegt Pareltje terwijl ze opstaat. Ook de andere
kinderen springen haastig overeind.

'Hé, Parel!' klinkt de stem van Hassan als hij op één
schoen de moskee uit hinkt met naast zich Jamal op
zijn sokken.

'Sodesamba!' Pareltje tilt geschrokken haar rokken
op om te vluchten als ze ook nog een stel van zijn
vrienden ziet aankomen.

'Spijt met peren,' roept ze. 'Ik zweer op mijn
allerliefste pa dat ik het nooit meer zal doen!'

'Wacht!' roept Hassan, 'Jamal heeft me alles
uitgelegd. Ik weet nu dat je het geld hard nodig hebt
omdat de schatkist leeg is. Dat drankje was niet
oké van je, maar ik ben niet boos meer. Het is chill
dat je je aan je belofte houdt. Hoeveel pattas heb je
gepoetst?'

'Duizenddertig en een miljoen,' zucht Pareltje.
'Samen met mijn pa en een heleboel kinderen.'

'Hier, de helft van de doekoe is voor jou. Je hebt
het verdiend want die laatste raps waren echt cool.
Komen jullie vanavond bij ons suikerfeest vieren?'

'Nodig je ons echt allemaal uit voor het
suikerklontenfeest? Toppie en bedankt, Hassan, dat
willen we graag en weet je wat? Ik zal trakteren op
een lekkere rap met veel snot en duizendmiljoen
tranen!'

Bette Westera
Appeltje eitje

Appeltje eitje is een boek vol versjes over eten,
drinken en vrolijk zijn.
Er staan gedichtjes in over smakkende vaders,
neuspeuterende reuzen en rare kannibalen.
Maar ook spannende recepten en grappige raadsels.
Weet jij bijvoorbeeld hoeveel olifanten eten?

Met tekeningen van Paula Gerritsen

Anke Kranendonk
Waar zijn de Spatjes?

Oma Spatjes wordt 85. Daarom geeft ze een feest,
een familiereünie, in een grote villa ergens in de
Achterhoek. Ze heeft alle kinderen, kleinkinderen
en achterkleinkinderen uitgenodigd.
Oma is er al, ze wacht en wacht en wacht. Er komt
niemand. Hoe kan dat nou? En als iedereen er, na uren
wachten, uiteindelijk toch is, kan het feest beginnen.
Maar dan ligt de dwerghamster van het achterkleinkind
Claudia dood op de grond van de slaapkamer.

Met tekeningen van Mariëlla van de Beek

(Geen doekoe)